Poc
3
2
0
1
1

C.R.S = DÉTRESSE

PAR Achdé

MARS MATRACK !

DARGAUD

PARIS • BARCELONE • BRUXELLES • LAUSANNE • LONDRES • MONTREAL • NEW YORK • STUTTGART

www.dargaud.com

« Loi n°49-956 du 16 juillet 1949 sur les publications destinées à la jeunesse ».
Dépôt légal : avril 2002 ·ISBN : 2-205-04776-0
Printed in France by ***Partenaires-Livres®*** / **J.L**

SHBAF!
POC! POC!
BONK! BONK!
PAF!
BOUF!
BONK! BONK! BONK!
VAS-Y C'EST LE MOMENT!!
LE SON C'EST BON
CLIC!
AUX AAARMES CITOYENS
FORMEZ VOS BATAILLONS... MARCHONS, MARCHONS
GULP!
GRR!
HAA! LES SALAUDS!
... Y RESPECTENT PU RIEN...
... TOUS LES VICES, JE TE DIS!!
LE CHOIX DES MOTS, LE CHOC DES POTEAUX!
298
Achdé

TIENS, TU TE BALADES AVEC UN PORTABLE À PRÉSENT?
OUI MA FEMME VEUT POUVOIR ME TOUCHER OÙ ELLE VEUT, QUAND ELLE VEUT!
FINI LES CABINES TÉLÉPHONIQUES EN PANNE ET LES COUPS DE FIL AU COMPTOIR CHEZ LÉON...
CHARGEZ!
DZOÏNG!
C'EST VRAI QUE C'EST PRATIQUE...
... LÉGER, PORTABLE...
POUF! POUF!
... MODERNE, ABORDABLE...
POC!
... UN SEUL INCONVÉNIENT...
?
TURLUTUUUT!
... DANS NOTRE BOULOT, SI TU LÂCHES TA MATRAQUE...
ALLÔ?
CHÉRIE?
... T'ES UN HOMME MORT!!
QUAND TU VEUX, OÙ TU VEUX, MAIS EN DEHORS DES HEURES DE SERVICE, S'IL TE PLAÎT!
!
Achdé

BATAILLE RANGÉE...

AU DÉBUT, ILS ONT COMMENCÉ PAR DES CADRES, DES VASES...
... PUIS PAR DES ÉTAGÈRES ET DES BOUQUINS...
ENSUITE, CE FUT LE TOUR DE LAMPES...
... DE TABOURETS DE BAR...
... D'UN MIROIR DE GARDE-ROBE
UHFF!
... PUIS CE FUT LE TOUR DE CHAISES...
... UNE TABLE A SUIVI PEU APRÈS...
... MAIS C'EST LE PIANO À QUEUE QUI A FAIT LE PLUS MAL!
BONG!
DZOÏNNG!
AU FAIT, QUI MANIFESTAIT AUJOURD'HUI??
DES DÉMÉNAGEURS!
OUILLE!
301
Achdé

À FOND L'INFORME

MGNIOUF!
BAF!
SHOOT!
HIPHIP HIP!
OUAIIIS!
ABOBO!
GÉRONIMOOO!
SUPERBE!
BISOU! BISOU!
SHACK! SHACK!
OUAIIIS!
SMACK!
BOULOT IMPÔTS! BOBO!
QU'EST-CE QUE ÇA VEUT DIRE?! VOUS VOUS CROYEZ SANS DOUTE SUR UN TERRAIN DE FOOTBALL?!
303
Achdé

SCÈNE DE MÉNAGE (1)

HÉ ! MÉFIEZ-VOUS LES GARS : IL Y A DES JAPONAIS INFILTRÉS PARMI LES MANIFESTANTS...
QU'EST-CE QUI TE FAIT DIRE ÇA ?
OUILLE !
J'EN AI RENCONTRÉ UN...
J'VOUS DIS PAS...
BOUF!
CROUIC!
ZOU!
PAF!
REZOU!
SOK!
BOT!
ET EUGÈNE, IL EST OÙ ?!
IL EN A RENCONTRÉ UN AUTRE !!
H... HELP!
Achdé

LES FICHES PRATIQUES
D'ONC' EUGÈNE
*
AUJOURD'HUI, UN SUJET AUSSI CARACTÉRISTIQUE QUE DÉBILE : LE HOOLIGAN ! 1° DESCRIPTIF...
CRÂNE (vide)
OEIL TORVE ET VITREUX
NEZ ROUGEAUD
BANDEROLE AVEC SON SLOGAN AGRESSIF OU RACISTE
ON VA VOU TUÉ
FAUTES D'ORTOGRAF !
GRFLBLG TOUS VOUS TUER !
GROGNEMENT REVENDICATIF PARKINSONIEN
BIÈRE CHAUDE
TEE-SHIRT NATIONALISTE
USTENSILE CONTONDANT À USAGE PERCUTANT
BRODEQUINS FERRÉS
ODEUR (BEURK !)
2° INTERVENTION
COMMENT RÉAGIR FACE AUX HOOLIGANS SORTANT D'UN MATCH DE FOOT AGITÉ*
GOD BLESS THE KING ! WE TOUS VOUS TUER !!
DAS REICH ÜBER ALLES ! WIR TOUS VOUS TUER !!
STADIUM
* PLÉONASME
PRIMO : NE PAS BOUGER...
WIR TOUS VOUS TUER !!
WE TOUS VOUS TUER
GRFLBLG !
DEUZIO : LES LAISSER S'EXPLIQUER ENTRE EUX...
GRFLBLG ! TOUS VOUS TUER !!
... ET LES LAISSER FAIRE LA MOITIÉ DU TRAVAIL...
UMPF ! TOUS VOUS TUER !
BING !
ZOU !
... VOIR LES TROIS QUARTS...
PAF ! PAF ! PAF !
GARGL ! TOUS VOUS TUER !
... TERTIO...
YOUHOU !
... ALORS SEULEMENT TU INTERVIENS !
OUAH ! SUPER FACILE !
MAYDAY ! MAYDAY !
MERCI ONC' EUGÈNE !
PAF !
POC !
KARTOFEN ET DIX DE DER !
LE MOIS PROCHAIN : COMMENT AUGMENTER TA VITESSE DE POINTE POUR ÉCHAPPER À LA MOISSONNEUSE-BATTEUSE D'UN AGRICULTEUR EN COLÈRE...
TCHAO !
2-95
Achdé

IMPORTABLE !

EH EUGÈNE, TU AS TON PORTABLE?
OUAIP! MAIS JE L'AI COUPÉ!
AH BON? POURQUOI?
UMPF! TROP DANGEREUX!
FRANCHEMENT C'EST PAS MALIN!
?
SUPPOSONS QUE TA FEMME SE CASSE LA BINETTE DANS LES ESCALIERS...
BOLOMBOLOMBOLOMBOL...
... ET SUPPOSONS QU'ELLE PARVIENNE À SAISIR LE TÉLÉPHONE POUR T'APPELER À L'AIDE...
CLIC!
GNIIII!
SI ÇA TOMBE, ELLE A PEUT-ÊTRE DÉJÀ ESSAYÉ, JE VOIS D'ICI SA TÊTE...
LE NUMÉRO QUE VOUS AVEZ DEMANDÉ N'EST PAS ACCESSIBLE POUR LE MOMENT...
J'DIS ÇA COMME ÇA, MAIS SI J'ÉTAIS À TA PLACE J'APPELLERAIS QUAND MÊME CHEZ MOI!
BIP! BIP! BIP! BIP! BIP! BIP! BIP!
ALLÔ... ALLÔ SIMONE? TOUT VA BIEN?
OUI POURQUOI ??
FRANCHEMENT C'EST PAS MALIN !!!
314
Achdé

PEIGNÉE…

KUDJAT
Pour mes pattes!
AU SUIVANT!
CE CHEER MONSIEUR LACRUHO, COMMENT ALLEZ-VOUS?
TRÈS BIEN MERCI…
FIGUREZ-VOUS QUE JE VOUS AI APERÇU LA SEMAINE DERNIÈRE…
AH BON?
C'ÉTAIT LORS DE LA MANIFESTATION ORGANISÉE PAR LES PETITES ENTREPRISES.
CLIK! CLIK!
AH? VOUS Y ÉTIEZ AUSSI?
OUI
MAIS ENFIN MON COCHON D'INDE, ÇA NE T'A PAS MIS LA PUCE À L'OREILLE?!
OH SI…
… MAIS TROP TARD !!!!
319

?
DU WHISKY?!
TEUH! TEUH!
CLING!
BEN, V'LÀ AUT'CHOSE?! QU'EST-CE QUI LUI ARRIVE??
BLEURK! TEUTEU THEUU!
TU CONNAIS LA TECHNIQUE DES HOOLIGANS... À PEINE DÉBARQUÉS DU TRAIN...
FOK
... ILS ENVAHISSENT LES BISTROTS...
CAFÉ
... BOIVENT DE L'ALCOOL À MÊME LE GOULOT...
ÉGLOUÉGLOUÉGLO
ÉGLOUÉGLOUÉGLO
... PUIS NOUS BALANCENT DES COCKTAILS MOLOTOV EN PLEINE POIRE
BEN OUI, ET ALORS ??
À MON AVIS, CELUI-CI A FAIT LE CONTRAIRE !!!
PSCHIIIII!
TILT!
Achdé

OÙ QU'ON VA, CHEF ?!
UN CAMION CHARGÉ DE PRODUITS TOXIQUES S'EST RENVERSÉ SUR LA ROUTE, NOUS DEVONS EMPÊCHER LES CURIEUX D'APPROCHER JUSQU'À L'ARRIVÉE DE L'ÉQUIPE DE LA SÉCURITÉ CIVILE !!
WOOSHH
NOUS Y VOILÀ !
PSCHIIIIIII !
Produits chimiques
CRACBOOMU
TOUT LE MONDE À SON POSTE !!
CRACBOOMU
BOOMU
BOOMU
SNIF ! SNIF !
SNIF ! SNIF !
BOOMU
PSHIIIIII !
C'EST QUOI CE PRODUIT TOXIQUE CHEF ?
OUI, DANS LE FOND, C'ÉTAIT QUOI AU FAIT ?
DE L'ACIDE SULFURIQUE...
CONCENTRÉ !

PAIX, AIME EUX !

GAIMOVEUR !

REGARDEZ-MOI ÇA ! C'EST-TY-PAS BEAU HEIN ?!
HEIN ?!
HIHI !
POUT ! POUT !
ZBOUB !
ZOU !
ZOU !
DZIIIII !
QUIN !
VROUP !
UN HOMME, UNE TÉLÉCOMMANDE ET C'EST TOUT !
HA ?
HIHI !
BIP !
... QU'IMPORTE L'ÉTAT DU TERRAIN...
CLAC ! CLAC !
VROUP !
... LES INSULTES...
TRÉPANÉ DE LA BALAYETTE !
FOUTRIQUET DES ROUPIGNOLES !
GORET !
VENDU !
DZIIIII
... LA DIVERSITÉ DES PROJECTILES...
BING !
KLING !
BONG !
TING !
PONG !
... IL COGNE ET FRAPPE SANS AUCUN ÉTAT D'ÂME, QUAND IL FAUT, LÀ OÙ IL FAUT...
BAF !
ZOU !
UN SEUL DE CES ENGINS POURRA À LUI SEUL REMPLACER AU MOINS 5 COMPAGNIES DE C.R.S. !! VOUS VOYEZ DÉJÀ D'ICI L'ÉCONOMIE !!
CHTING !
ZOU !
PROUT !
DZIIIII !
ALORS, QU'EN PENSEZ-VOUS ??
HEIN ?
DITES ?
EUH...
TILT !
290
Achdé 98

EUGÈNE, TU ME RÉCOLTES LE TRÈFLE...
EEEH! LES GARS LA NOUVELLE EST ARRIVÉE!
ELLE S'APPELLE PAMÉLA!
ELLE EST COMMENT?
ZOU!
POUSSEZ PAS!
OUCH!
BAS LES PATTES LES GARS, CETTE NÉNETTE J'ME LA RÉSERVE!
CAUSE TOUJOURS, ELLE EST À MOI!
TATATA!
BEELLE!
LA CHASSE EST OUVERTE!
!
KAYAAAAA!
KYA KYA KYAA!
PIF PAF BOUF BIF PAF
PAF!
À TOI DE JOUER EUGÈNE...

ON VA AVOIR AFFAIRE À QUI AUJOURD'HUI ??
DES INTERMITTENTS !
QUI C'EST CEUX-LÀ ??
LES TÂCHERONS DU SPECTACLE, DES DÉLAISSÉS. PRENONS PAR EXEMPLE LE CINÉMA ...
HA?
D'ABORD, IL Y A LA STAR, À QUI L'ON DISTRIBUE LE MEILLEUR RÔLE.
... VIENNENT ENSUITE LES VEDETTES DE SECOND PLAN...
... ET PUIS LES AUTRES... LES INTERMITTENTS, COMME L'ON DIT, COMPOSÉS DE DÉBUTANTS, DE PETITS, DE SANS-GRADES...
TCHOUK! TCHOUK!
... À QUI L'ON ATTRIBUE OCCASIONNELLEMENT UNE PAROLE DANS UN FILM...
FEU!
BOUM
... SE DÉBROUILLENT QUAND MÊME PAS MAL, LES MECS !!!
SALAIRES: ÇA VA DE MAL EMPIRE !!
RETRAITES: C'EST LA BEREZINA!
317
Achdé

VOUS AVEZ DIT PRODUIT TOXIQUE ? !

EH, T'AS VU LA NOUVELLE?
HAHAHA! C'EST BIEN LES FILLES ÇA!
?
...ET VAS-Y QUE JE TE METS DE LA COULEUR PAR-CI, ET VAS-Y QUE JE TE METS DE LA POUDRE PAR-LÀ, ET PUIS UN P'TIT COUP DE COTON PAR AILLEURS... L'ÉTERNEL FÉMININ QUOI!
BREF...
ATTENTION LES ENFANTS ÇA VA ÊTRE À NOUS!
CHARGEZ!
BAR
CAFÉ
ZOU!
REBREF...
ET VAS-Y QUE JE TE METS DE LA COULEUR PAR-CI, ET VAS-Y QUE JE TE METS DE LA POUDRE PAR-LÀ, ET PUIS UN P'TIT COUP DE COTON PAR AILLEURS...
...L'ÉTERNEL MASCULIN, QUOI!!
C'EST PÔ PAREIL!
327
Achdé

LE PROFESSEUR GAIMOVEUR EST UN VÉRITABLE GÉNIE. IL A CONÇU POUR NOUS CETTE MATRAQUE RÉVOLUTIONNAIRE. AVEC ELLE, ON VA POUVOIR TAPER AVEC UN MINIMUM DE RISQUES !!
NOON ?
HA ?
ROOO !
TZING !
ADMIREZ LE TRAVAIL !!
CLIC !
TCHAC !
PAF !
SOUS LE BÉRET ! LA RAGE !
ALORS ? QU'EST-CE QUE VOUS DITES DE ÇA ?!
VLATVLATVLAT !
AH BRAVO !
BRAVO !
TCHAC !
BLAF !
PAF !
ZOU !
BEN, À MON AVIS LE PROFESSEUR A VENDU LES PLANS À CEUX D'EN FACE !!
ET MOI, J'VOUS DIS QU'IL Y A UNE TAUPE DANS LA MAISON !
QU'EST-CE QUI VOUS FAIT DIRE ÇA ?!
Achdé

ATTENTION, ILS ARRIVENT...
GULP!
AIGUISONS NOS COUTEAUX, LE MINISTRE, ON AURA SA PEAU!
AAAAAAH! C'EST QUOI ÇA?!
DES... DES ROGNONS À MON AVIS...
PLOTCH!
BELÊRKBÊRK BROGLBLB!
?!
FLOC! SPLOTCH! BLOB!
GLOUBGL! GLOUBGL! BLERKGL!
ET ÇA, QU'EST-CE QUE C'EST?!
UN FOIE!
NON DEUX!!
SPLACH! FLOC! PLOCHR!
BOUBOUBOU BOUBLUUB!
AGLFLBGL BLUB!
BLÊÊR!
PLOCH! FLAC! BLOF!
MAIS ENFIN, QU'EST-CE QUI SE PASSE?
QUE LES BOUCHERS, LES CHARCUTIERS MANIFESTENT, PASSE ENCORE...
BLAF
BLOTCH! FLOG!
MAIS LES TRIPIERS, C'EST AU-DESSUS DE NOS FORCES, CHEF!
BLOUB!
BLOUB!
306!
Achdé

SCÈNE DE MÉNAGE (2)

CHARGEZ
TCHAK!
TAGADATAGADATAGADATAGADATAGADAT
DATAGADATAGADATAGADA
ZOU!
TAGADATAGADATAGADATAGADA
ZOU!
ZOU!
ZOU!
TAGADAT
GADA
TAGADATAGA
TAGAD...
ZOU!
AAAAAAAAAAAA
D'ÉGOUTIERS!
315
Achdé

COMBINAISON

H2O

JE VOUDRAIS PARLER À EUGÈNE, CHEF...
AH ? AUJOURD'HUI, C'EST LUI QUI...
OUI...
VLAN !
WOSH !
HA ! HA !
... ET SI VOUS VOULEZ LUI PARLER, IL FAUDRA ATTENDRE LA FIN DE SON SERVICE...
WOSH !
DONC UN PEU PLUS TARD...
EH ! LES GARS, VOUS N'AVEZ PAS VU EUGÈNE ?!
SI !
IL A PRIS UNE BONNE DOUCHE ET IL EST RENTRÉ CHEZ LUI !
DOUCHES
BREF, ENCORE PLUS TARD...
TOC ! TOC ! TOC !
PAPA ? OUI IL EST LÀ : SI VOUS VOULEZ BIEN ME SUIVRE...
DÉCIDÉMENT, L'EAU EST UNE VÉRITABLE PASSION POUR VOUS.
?
Achdé

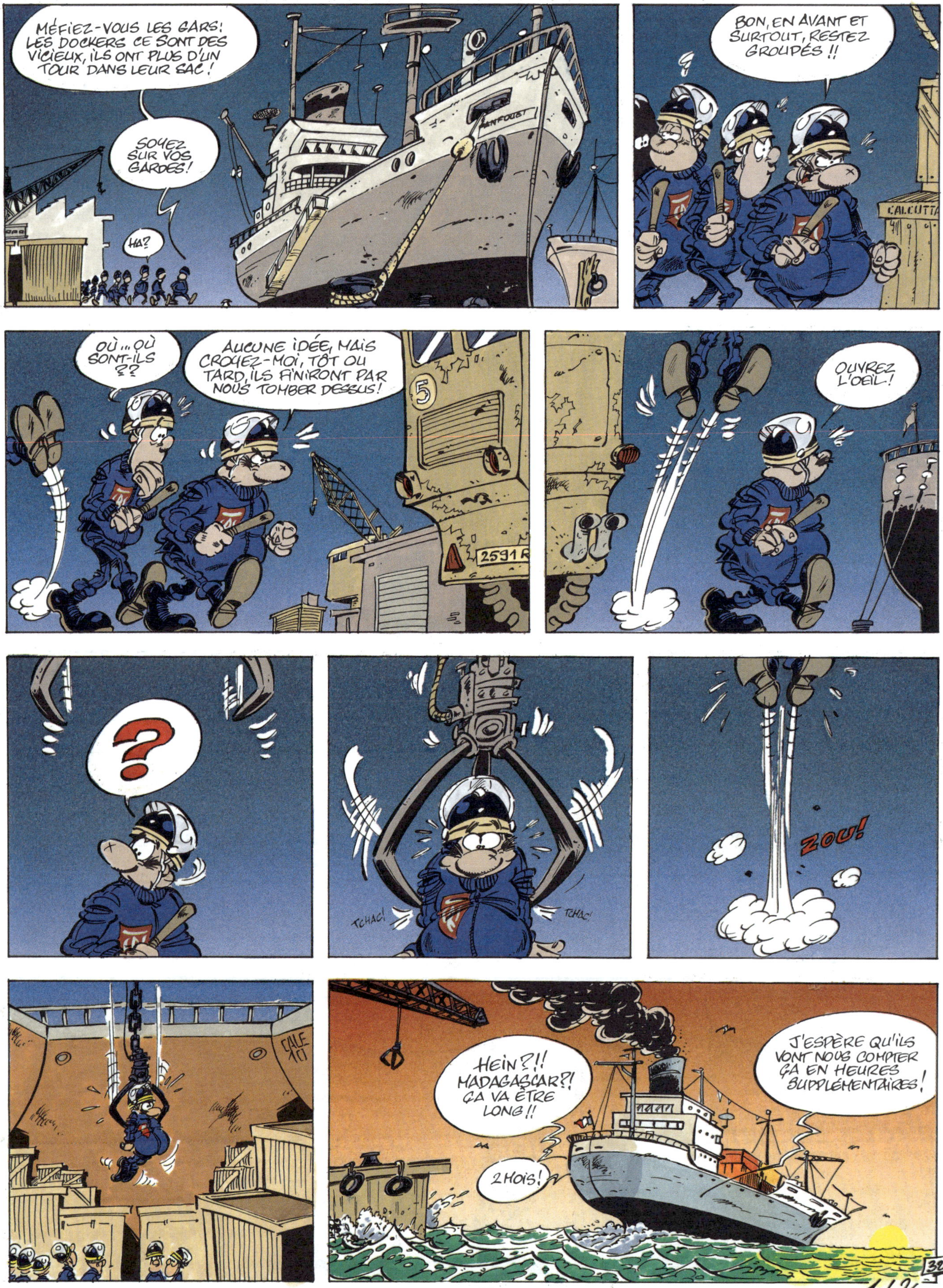
MÉFIEZ-VOUS LES GARS: LES DOCKERS CE SONT DES VICIEUX, ILS ONT PLUS D'UN TOUR DANS LEUR SAC!
SOYEZ SUR VOS GARDES!
HA?
BON, EN AVANT ET SURTOUT, RESTEZ GROUPÉS !!
CALCUTTA
OÙ... OÙ SONT-ILS ??
AUCUNE IDÉE, MAIS CROYEZ-MOI, TÔT OU TARD, ILS FINIRONT PAR NOUS TOMBER DESSUS!
5
2591 R
OUVREZ L'OEIL!
?
TCHAC!
TCHAC!
ZOU!
CALE 10
HEIN?!! MADAGASCAR?! ÇA VA ÊTRE LONG!!
2 MOIS!
J'ESPÈRE QU'ILS VONT NOUS COMPTER ÇA EN HEURES SUPPLÉMENTAIRES!
320
Achdé

RÊVE DE DIVAN

ET QU'ÇA SAUTE !

MIMÉTISME

Z'AVEZ REMARQUÉ, PHILIBERT S'EN EST ENCORE SORTI SANS LA MOINDRE ÉGRATIGNURE ...
NOUS, ON FAIT RIEN QUE DÉGUSTER, ET LUI ... RIEN! À MON AVIS, IL DOIT PRATIQUER LE MIMÉTISME!
C'EST QUOI LE MIMÉTISME!?
... C'EST COMME LES CAMÉLÉONS; OÙ QUE TU TE TROUVES, TU TE CONFONDS DANS LA NATURE ...
... TU TE FONDS DANS LE DÉCOR ...
... TU DEVIENS INVISIBLE ...
... RÉSULTAT, LES MECS D'EN FACE TE PASSENT À CÔTÉ SANS TE VOIR ET, BIEN SÛR, SANS TE TAPER DESSUS!
LA VACHE FOLLE C'EST POUR LES VEAUX
MORT AUX VACHES
SYNDICAT NATIONAL DES É VEURS DE PORCS!
LE SALU EST DANS LE PORC!!
TU N'Y ES PAS DU TOUT MON P'TIT LEVEAU: SI ON NE LE VOIT PAS, C'EST QU'IL EST PAS LÀ!!
RHOO?
À VRAI DIRE, IL EST EN CONGÉ MALADIE DEPUIS 2 MOIS ...
MAIS ...
... ET IL MET UN POINT D'HONNEUR À VENIR EN UNIFORME COMPLET POUR TOUCHER SA PAYE!!
321

DIS-MOI SIMONE, TU NE LE TROUVES PAS UN PEU BIZARRE TON FILS??
GÉDÉON? NON POURQUOI?
BEN... SAIS PAS... SON REGARD HAGARD, SON AIR ABSENT...
BON DIEU! POURVU QU'IL NE SE SOIT PAS MIS À FUMER...
BEUH! TU SAIS BIEN QU'IL A HORREUR DU TABAC!
JE NE TE PARLE PAS DE TABAC MAIS D'HERBE, DE JOINTS, DE PÉTARDS, DE CHICHOU, DE CHPÈTE DE MOQUETTE, DE MARIJUANA, DE PÉTARDS, DE KIF, DE DROGUE QUOI!!
TUTUTUT! TUTUTUTUT!
EUGÈNE, TU ES FOU!!!
C'EST POUR MOI! C'EST POUR MOI!
TUTUTUTUT! TUTUTUT!
VALÉRIE?... OUAIS C'EST MOI... UNE SECONDE VEUX-TU, JE NE SUIS PAS SEUL...
ET VOILÀ, TU AS COMPRIS GROS NIGAUD!
VLAM!
AH L'AMOUR L'AMOUR...
325

UN PNEU, BEAUCOUP...

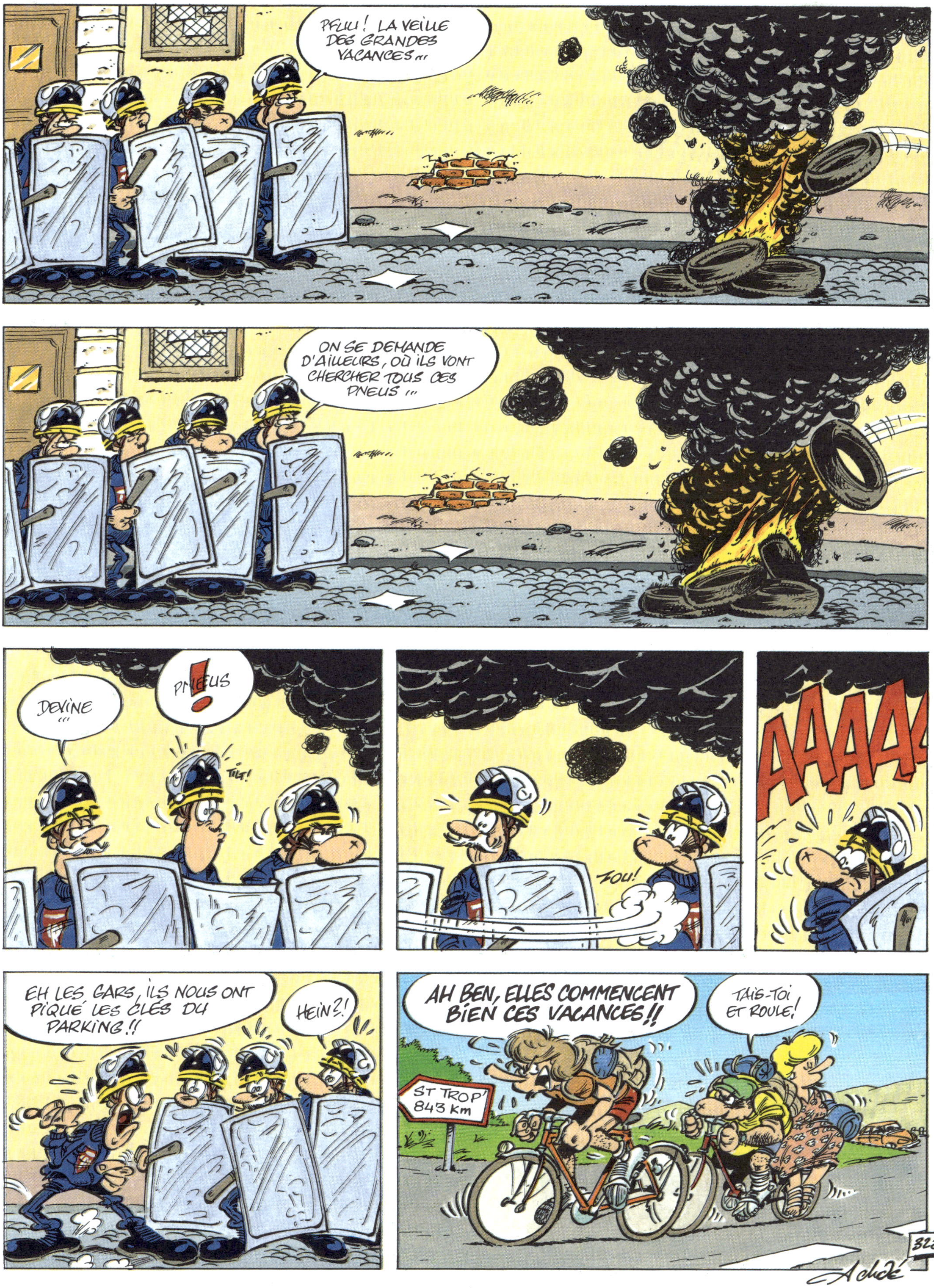

GAG?!

POURQUOI FAUT-IL TOUJOURS PASSER NOTRE TEMPS À FAIRE DES RONDES AUTOUR DE L'AMBASSADE DE OUSSÉKSASZTAN ?!
GRMBL!
ARTICLE 842 BIS
...LE CONTRÔLE DES VOITURES SUSPECTES GARÉES DANS LES ENVIRONS ET SUSCEPTIBLES DE CONTENIR DES EXPLOSIFS EST DE NOTRE RESSORT!!
VLAN!
!
EUGÈNE, VIENS VOIR!
VISE UN PEU LE GAG!
OUAF!
UN GAMIN QUI L'AURA SANS DOUTE OUBLIÉE LÀ...
BOUM
C'EST DINGUE À QUEL POINT ON POUSSE LA MINIATURISATION AUJOURD'HUI!!
ABOBO!
OUI, TROP MÊME!
Achdé

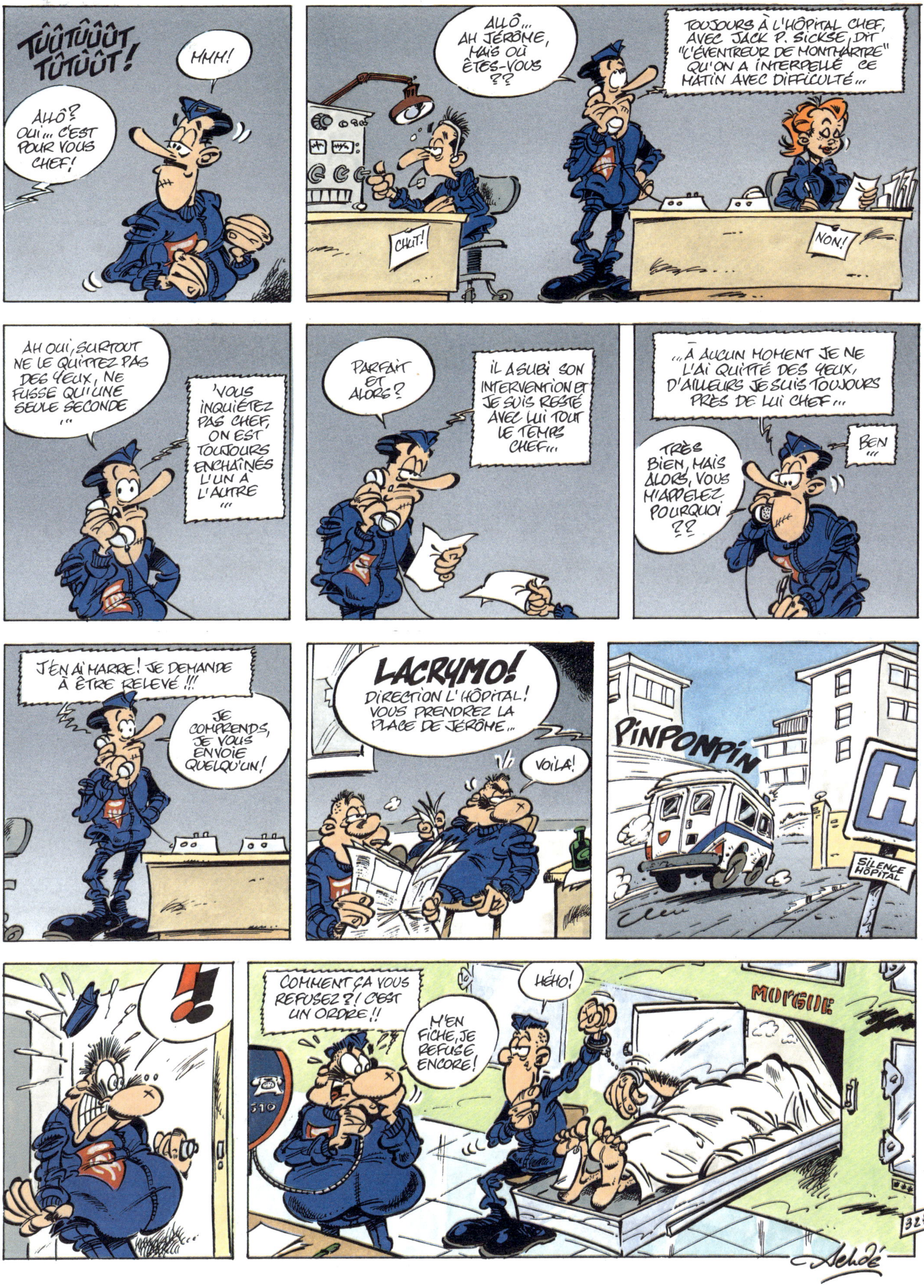
TÛÛTÛÛÛT TÛTÛÛT!
MMM!
ALLÔ? OUI... C'EST POUR VOUS CHEF!
ALLÔ... AH JÉRÔME, MAIS OÙ ÊTES-VOUS ??
TOUJOURS À L'HÔPITAL CHEF, AVEC JACK P. SICKSE, DIT "L'ÉVENTREUR DE MONTMARTRE" QU'ON A INTERPELLÉ CE MATIN AVEC DIFFICULTÉ...
CHUT!
NON!
AH OUI, SURTOUT NE LE QUITTEZ PAS DES YEUX, NE FUSSE QU'UNE SEULE SECONDE ...
VOUS INQUIÉTEZ PAS CHEF, ON EST TOUJOURS ENCHAÎNÉS L'UN A L'AUTRE ...
PARFAIT ET ALORS?
IL A SUBI SON INTERVENTION ET JE SUIS RESTÉ AVEC LUI TOUT LE TEMPS CHEF...
...À AUCUN MOMENT JE NE L'AI QUITTÉ DES YEUX, D'AILLEURS JE SUIS TOUJOURS PRÈS DE LUI CHEF...
TRÈS BIEN, MAIS ALORS, VOUS M'APPELEZ POURQUOI ??
BEN ...
J'EN AI MARRE! JE DEMANDE À ÊTRE RELEVÉ!!!
JE COMPRENDS, JE VOUS ENVOIE QUELQU'UN!
LACRYMO!
DIRECTION L'HÔPITAL! VOUS PRENDREZ LA PLACE DE JÉRÔME...
VOILÀ!
PINPONPIN
H
SILENCE HÔPITAL
!
COMMENT ÇA VOUS REFUSEZ ?! C'EST UN ORDRE!!
HÉHO!
M'EN FICHE, JE REFUSE ENCORE!
MORGUE
323.
Achdé

SORTIE DU MATCH

BRÈVE DE COMPTOIR

EUH... CHEF !
SILENCE DANS LES RANGS !
MAIS CHEF...
OUI ?... O.K !
TCHAC !
C'EST À NOUS DE JOUER...
MAIS ENFIN CHEF...
CHARGEZ !
CLOPCATACLOPCATACLOPCATACLOPCATACLOPCATACLOPCATA
!
BOUM !
PAF !
TOC !
PAF !
ZOU !
BONK !
TOK !
BAF !
EEEH ?!
STOP !
ZOU !
NE ME DITES PAS QUE VOUS AVEZ ENCORE OUBLIÉ VOS LUNETTES ?!
ÇA FAIT UNE HEURE QUE JE ME TUE À VOUS LE DIRE...
J'AIME BIEN VOTRE NOUVEAU CASQUE CHEF.

RONDE, DE NUIT

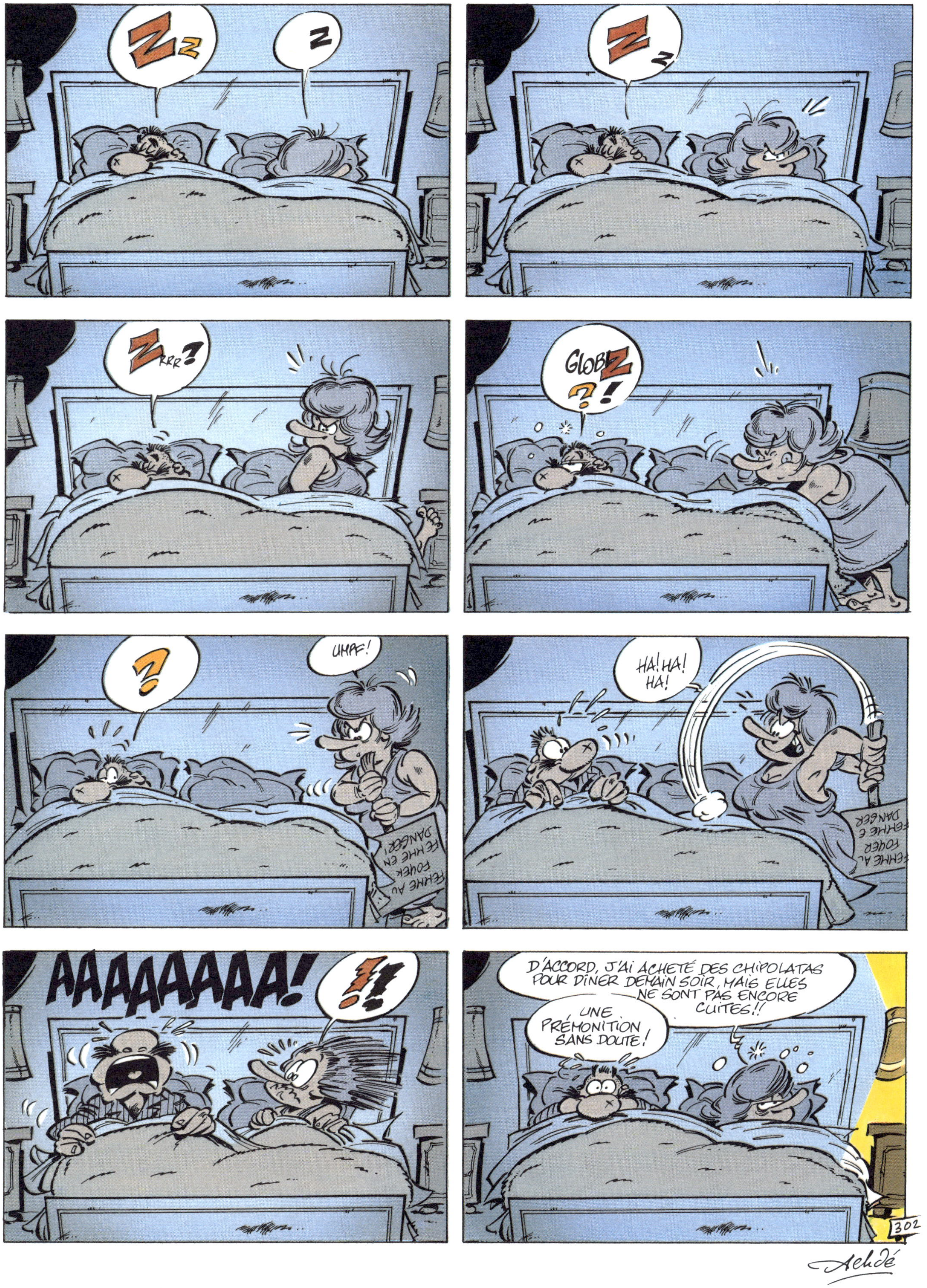

COUP DE FIL !

NON MAIS, TU AS VU L'HEURE ? JE PARIE QUE TON PÈRE EST ENCORE PASSÉ AU BISTROT !
MEUHNON ! IL FAIT SANS DOUTE DES HEURES SUP' VOILÀ TOUT !
DROING
PASSE-LUI UN COUP DE FIL, TU VERRAS BIEN !
C'EST CE QUE JE VAIS FAIRE !!!
TUT TUTUT TUT
ALLO ?
HÔN ? HONKK HONKR HONK !
EU.... EUGÈNE ?
WÔN... HÔN HÔN HÔNK HÔNK HÔN !
?!
QU'EST-CE QUE JE DISAIS ?! IL N'EST MÊME PLUS FICHU D'ARTICULER UN MOT !!
VLAM !
LE SALOPIOT !!!
GRBL !
OH, MAIS ÇA NE SE PASSERA PAS COMME ÇA !!
?
VROUP !
? ?
!
HONK ?
EUH... NON, NON, CONTINUE !
BOUM !
Achdé
310

LE PIGEON...

UN INSTANT, MADAME!
FLAP! FLAP! FLAP!
...VOUS N'ÊTES PAS SANS SAVOIR QUE, PAR ORDRE DE LA PRÉFECTURE, IL EST DÉSORMAIS INTERDIT DE NOURRIR LES PIGEONS ?!?!
AH NON, POURQUOI DONC ??
FLAP! FLAP! FLAP!
ROUOU ROUOU ROOUU!
À CAUSE DES DÉGRADATIONS CAUSÉES À NOTRE PATRIMOINE PAR LES FIENTES DE CES VOLATILES, ET QUI COÛTENT CHER À LA COMMUNE, DONC AUX CONTRIBUABLES !!!
POF!
PLOTCH!
RROUC?
PROUT!
DU DÉCLIN
!
!
FLAP! FLAP! FLAP! FLAP!
RLOUROURL!
FLAP!
ROURL!
FLAP! FLAP!
ROURRL
GARGL!
ROURRL?
GULP!
ROÛR?
GARGLGLUBGARGL!
ROURLR.....
GARG!!
COUIC!
!
C'EST BON, SNURFL! CONTINUEZ!
ALORS?
RIEN!
Achdé

MESSIEURS, VOUS VOILÀ DONC EN FORMATION RÉGULIÈRE - JE VAIS EN PROFITER POUR VOUS RAPPELER CETTE NOTION DE BASE ...
... AINSI DISPOSÉS, VOUS N'AVEZ À REDOUTER UN DANGER QUE VENANT DE TROIS DIRECTIONS !
... DE DEVANT ...
BOUF !
... DU DESSUS ...
VLAN !
... ET DU DESSOUS !
AAAAAA
EN RESPECTANT CETTE FORMATION, VOTRE ARRIÈRE EST INATTAQUABLE !
WWOSH !!
?
SAUF QUAND MÔSSIEUR JEAN-PAUL QUI NE PORTE PAS SES LUNETTES DE PEUR DE LES MOUILLER EST AU CANON À EAU !!!
CRI
316
Achdé

CANICULE...

Pfuuu! QUELLE CHALEUR!!
PARFOIS, JE ME DEMANDE COMMENT ILS PEUVENT RESTER STOÏQUES PAR UNE CHALEUR PAREILLE...
HEIN.. ?!
GNiiiiiii! VAIS VOUS COLLER À L'OMBRE Moi!!!
329
Achdé

OUAH SUPER CE STAGE DE SAUVETEURS EN MONTAGNE!
OUAIP' DE VRAIES VACANCES! OUBLIÉS LES COUPS, LES INSULTES...
FINIS LES PAVÉS, LES BOULONS, LES CAILLOUX...
ICI AU MOINS EUGÈNE LACRYMO N'EST PLUS UNE CIBLE!!!
!
ZIP!
?!
OUAAH!
BOUM!
BOUF!
RROULROUROULROUL!
BOUF!
SNIF! L'ALTITUDE NE CHANGE RIEN À MA VIE!
OUAH À MORT LE BONHOMME DE NEIGE!
ZOU!
333
Achdé

L'ESCALADE...

PARFAITEMENT CAPITAINE, CE SYSTÈME DE RAPPEL EST RÉVOLUTIONNAIRE...
GULP!
À VOUS, LACRUMO!
GARANTI À 100 % MON PROCÉDÉ EST D'UNE FIABILITÉ À TOUTE ÉPREUVE!
HMM
EUH... VOUS ÊTES SÛR??
PARFAITEMENT! FINIS LES EFFORTS INUTILES...
OUAAAAAAAAAA
OUAAAA
OUBLIÉS LES DESCENDEURS ARCHAÏQUES...
GAW!
TERMINÉES LES CENTAINES DE MÈTRES DE CORDE LOURDE ET ENCOMBRANTE!
NOOOOOOOOOON
MAMAAAN!
CE N'EST PLUS LE SAUVETEUR QUI DESCEND, C'EST SA CORDE QUI S'ALLONGE GRÂCE À UNE ÉLASTICITÉ DE 100 %!
GAW
ÉVIDEMMENT, IL Y A ENCORE QUELQUES RÉGLAGES À REVOIR...
MA...
EN 30 ANS DE CARRIÈRE, J'EN AI VU, MAIS UN ALPINISTE ATTEINT DU MAL DE MER À 3000 MÈTRES D'ALTITUDE, ÇA JAMAIS!
BEUH!
331
Achdé

C'EST CHOUETTE LES STAGES "MONTAGNE" : ON Y FAIT DU SKI...
BLAM!
... DE LA MARCHE AVEC DES RAQUETTES...
QUEL BROUILLARD! ON N'Y VOIT RIEN!
ÇA PIQUE LES YEUX!!
... DE L'ESCALADE...
BONK!
... DE LA DESCENTE EN RAPPEL...
MOINS VITE MON PETIT LACRUMO...
... DES COURSES D'ORIENTATION...
GRÔÔ?
EUH... LE REFUGE, C'EST PAR ICI ??
... DES DÉCOUVERTES CULTURELLES...
ET DEUX LITRONS POUR MES PETITS HABITUÉS!!
REMETS-NOUS ÇA LÉONTINE!
CRUNCH!
... DES VOLS EN HÉLICOPTÈRE...
JE SUIS MALADE... BEEEURK!
CP 1
SUPER DÉPAYSANT !!!
BEN MOI JE TROUVE QUE LA VIE À LA MONTAGNE ET LA VIE À LA VILLE, C'EST DU PAREIL AU MÊME... SNIF!
332
Achdé

CLIC!
BROOOLCCOMM
EUGÈNE, ON T'A RÉPÉTÉ 100 FOIS QU'EN CETTE PÉRIODE, LE MOINDRE BRUIT PEUT PROVOQUER UNE AVALANCHE ...
ATCHAA!.. TOUT DE MÊME À CE POINT-LÀ ...
TCHOUM!
326
Achdé

MESSIEURS, ORDRE NOUS A ÉTÉ DONNÉ DE DÉLOGER LES SANS-PAPIERS QUI SE SONT BARRICADÉS DANS CETTE ÉGLISE ...
PRÉPAREZ-VOUS...
EN AVANT!
HA! HA! HA! HA! HA!
TRAAAATRAAAAAA!
BOM!
TRAAA
KRAK
CRAC!
ET MAINTENANT CHEF, QU'EST-CE QU'ON FAIT?
COIN?
Achdé

Achdé 93